욕심쟁이 영감이 자기 집 앞
나무 그늘에서 쉬려면 돈을 내라고 하네요.
젊은 농부가 나무 그늘을 샀는데, 어떻게 될까요?

추천 감수_ 서대석
서울대학교와 동 대학원에서 구비문학을 전공하고 문학박사 학위를 받았습니다. 한국
구비문학회 회장과 한국고전문학회 회장을 지냈으며, 1984년부터 지금까지 서울대학
교 인문대학 국어국문학과 교수로 재직 중입니다. 〈한국구비문학대계〉 1-2, 2-2, 2-6,
2-7, 4-3 등 5권을 펴냈으며, 쓴 책으로 〈구비문학 개설〉, 〈전통 구비문학과 근대 공연
예술〉, 〈한국의 신화〉, 〈군담소설의 구조와 배경〉 등이 있습니다.

추천 감수_ 임치균
서울대학교 대학원에서 고전소설 연구로 문학박사 학위를 받고 현재 한국학중앙연구원
한국학대학원 어문예술계열 교수로 재직 중입니다. 한국학중앙연구원에서 문헌과 해석
운영위원으로 활동하고 있으며, 고전소설의 대중화 방안을 연구하여 일반인들에게 널
리 알리는 일에 앞장서고 있습니다. 쓴 책으로 〈조선조 대장편소설 연구〉, 〈한국 고전
소설의 세계〉(공저), 〈검은 바람〉 등이 있습니다.

추천 감수_ 김기형
고려대학교와 동 대학원에서 구비문학을 전공하고 문학박사 학위를 받았습니다. 현재
고려대학교 문과대학 국어국문학과 부교수로 판소리를 비롯한 우리 문학을 계승 발전
시키기 위해 노력하고 있습니다. 쓴 책으로 〈적벽가 연구〉, 〈수궁가 연구〉, 〈강도근 5가
전집〉, 〈한국의 판소리 문화〉, 〈한국 구비문학의 이해〉(공저) 등이 있습니다.

추천 감수_ 김병규
대구교육대학을 졸업하고 한국일보 신춘문예에 동화가, 중앙일보 신춘문예에 희곡이
당선되면서 작품 활동을 시작했습니다. 대한민국문학상, 소천아동문학상, 해강아동문
학상 등을 수상했으며, 현재 소년한국일보 편집국장으로 재직 중입니다. 쓴 책으로 〈나
무는 왜 겨울에 옷을 벗는가〉, 〈푸렁별에서 온 손님〉, 〈그림 속의 파란 단추〉 등이 있습
니다.

추천 감수_ 배익천
경북 영양에서 태어났습니다. 1974년 한국일보 신춘문예에 동화가 당선되었고, 〈마음
을 찍는 발자국〉, 〈눈사람의 휘파람〉, 〈냉이꽃〉, 〈은빛 날개의 가슴〉 등의 동화집을 펴
냈습니다. 한국아동문학상, 대한민국문학상, 세종아동문학상 등을 받았으며, 현재 부
산 MBC에서 발행하는 〈어린이문예〉 편집주간으로 일하고 있습니다.

글_ 김남길
추계예술대학교 문예창작학과를 졸업하고 1989년 계몽아동문학상을 수상하였습니다.
쓴 책으로 〈넌 누구니?〉, 〈방귀쟁이 친구들〉, 〈지네의 짝짝신〉, 〈어린이 자연 학교〉 등
과학 동화 시리즈와 〈가짜 똥〉, 〈15분짜리 형〉, 〈거꾸로 보는 텔레비전〉, 〈오두막 일기〉
등이 있습니다.

그림_ 김형준
홍익대학교에서 동양화를 공부하고 현재 어린이 책 그림을 그리는 프리랜스 일러스트레
이터로 활동하고 있습니다. 그린 책으로 〈옷감 짜기〉, 〈100년 후에도 읽고 싶은 한국명
작단편〉, 〈정약용과 목민심서〉, 〈춤추는 새〉, 〈명탐정 홈스〉 등이 있습니다.

소년한국
우수어린이
도서수상

〈말랑말랑 우리전래동화〉는 소년한국일보사가 국내 최고의
도서 제품을 선정하여 주는 **우수어린이 도서**를 여러 출판
사의 많은 후보작과의 치열한 경쟁을 뚫고 수상하였습니다.

말랑말랑 우리전래동화

❷❻ 모험과 도전
나무 그늘을 판 욕심쟁이

발 행 인 박희철
발 행 처 한국헤밍웨이
출판등록 제406-2013-000056호
주   소 경기도 성남시 분당구 금곡동 444-148
대표전화 031-715-7722
팩   스 031-786-1100
편   집 이영혜, 이승희, 최부옥, 김지균, 송정호
디 자 인 조수진, 우지영, 성지현, 선우소연
사진제공 이미지클릭, 연합포토, 중앙포토

△ 주의 : 본 교재를 던지거나 떨어뜨리면 다칠 우려가 있으니 주의하십시오.
　　　　고온 다습한 장소나 직사광선이 닿는 장소에는 보관을 피해 주십시오.

나무 그늘을 판 욕심쟁이

글 김남길 그림 김형준

한국헤밍웨이

쇠똥도 돈이야!

옛날 어느 마을에 욕심쟁이 영감이 살았어.
영감은 소문난 부자라 고래 등 같은 기와집에다가
곳간에는 쌀가마가 그득그득 넘쳤지.
그런데도 쌀 한 톨 빌려 주지 않는 구두쇠여서
외양간에서 나오는 쇠똥까지 거름으로 팔아먹었단다.

영감의 집 밖에는 아름드리 느티나무가 있었어.
한낮이면 마을 사람들이 나무 그늘에서 더위를 식혔지.
영감은 그 모습을 보고 한 가지 꾀를 생각해 냈어.
'옳거니! 저 나무 그늘을 팔면 돈이 되겠다.'
어느 날 영감은 그늘에 앉아 있는 사람들에게 말했어.
"이 나무는 우리 집 재산이니,
나무 그늘에서 쉬려면 한 냥씩 내놓으시오."

9

"영감님, 이 느티나무는 마을 것인데
무슨 돈을 내라는 말씀입니까?"
마을 사람 하나가 따지자 영감이 버럭 화를 냈어.
"이놈아, 이 나무가 누구네 집 앞에 있느냐?"
"그야 영감님 집 앞에 있죠."
"그것 봐라! 이 나무는 우리 조상님께서
자손들이 쓰라고 심어 놓은 것이란 말이다."
영감의 억지에 마을 사람들은 기가 막혔어.

에잇! 구두쇠 영감!

그날부터 영감은 아예 느티나무 밑에
돗자리를 깔고 벌렁 누워 버렸어.
보란 듯이 부채질까지 해 가면서 말이야.
마을 사람들은 쉴 곳을 잃어버리고 말았지.
"아무리 구두쇠라도 그렇지, 해도 너무하는군."
마을 사람들은 모두 씩씩거리며 화를 냈지.

어느 날 젊은 농부 하나가 영감을 찾아왔어.
"영감님, 나무 그늘을 저에게 파세요."
영감은 기다렸다는 듯이 값을 불렀지.
"그늘이 넓어서 쉰 냥은 받아야겠네. 에헴!"
젊은 농부는 두말 없이 엽전 꾸러미를 건네주었어.
영감은 이게 웬 떡이냐 싶어 얼른 받아 넣었지.
"나중에 딴소리하기 없네. 절대 안 물러 줘."
"그럼요. 이제 나무 그늘은 제 것입니다."

'흥, 천하에 둘도 없는 구두쇠 영감!
어디 골탕 좀 먹어 봐라.'
오후가 되자 느티나무 그림자가
영감 집 앞마당으로 길게 뻗쳤어.
젊은 농부는 그늘 아래 돗자리를 깔고 드러누웠지.
영감은 벌컥 화를 내며 소리를 질렀어.
"네 이놈! 여기서 뭐 하는 짓이냐. 당장 나가지 못해!"
하지만 젊은 농부는 눈 하나 깜짝하지 않았어.
"영감님, 제가 지금 어디에 누워 있는지 잘 보세요.
돈 주고 산 느티나무 그늘에 있잖아요?"

조금 뒤 젊은 농부는 툇마루로 올라가 누웠어.
"네 이놈! 툇마루에는 왜 올라갔느냐?"
"제가 지금 어디에 있는지 안 보이세요?"
나무 그림자가 마당을 지나 툇마루로 올라갔네.
영감은 한숨을 푹푹 내쉬었어.

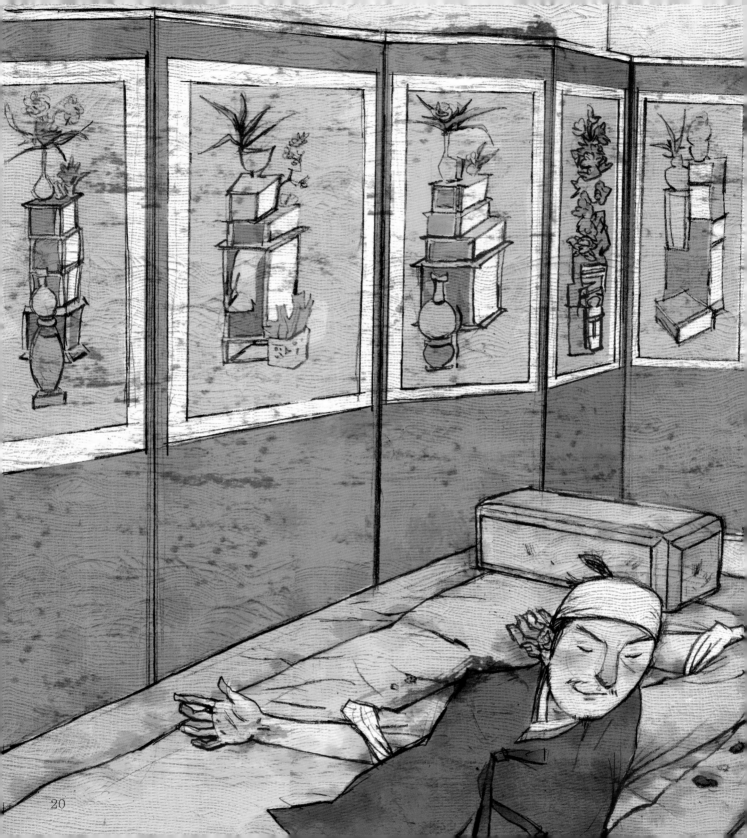

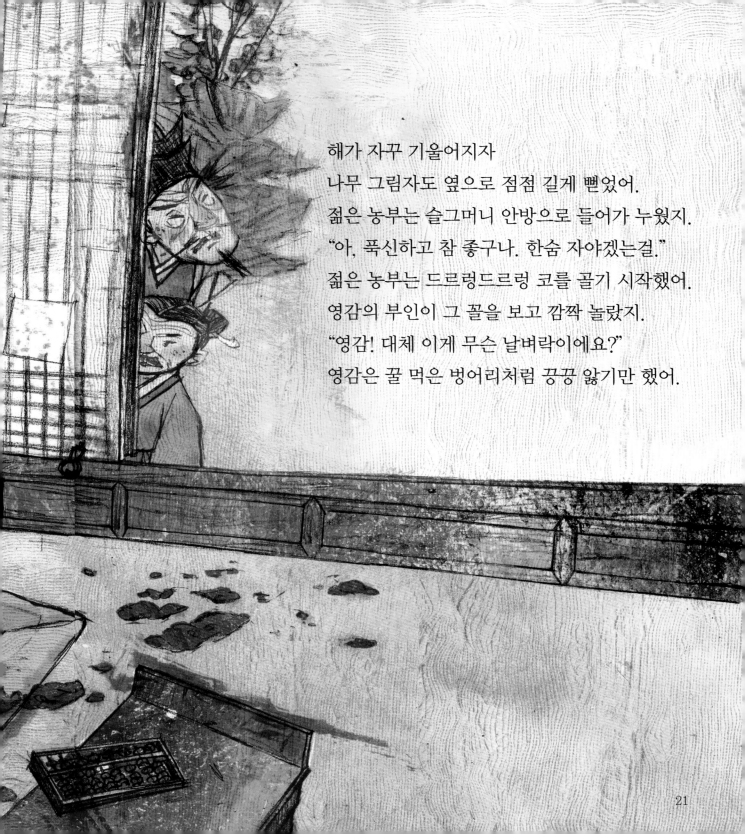

해가 자꾸 기울어지자
나무 그림자도 옆으로 점점 길게 뻗었어.
젊은 농부는 슬그머니 안방으로 들어가 누웠지.
"아, 푹신하고 참 좋구나. 한숨 자야겠는걸."
젊은 농부는 드르렁드르렁 코를 골기 시작했어.
영감의 부인이 그 꼴을 보고 깜짝 놀랐지.
"영감! 대체 이게 무슨 날벼락이에요?"
영감은 꿀 먹은 벙어리처럼 끙끙 앓기만 했어.

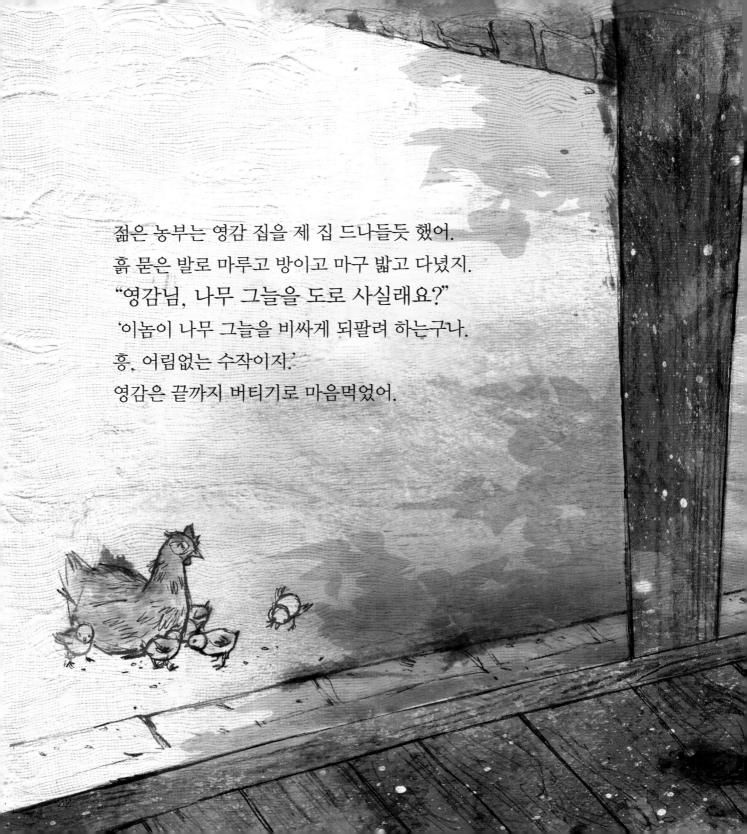

젊은 농부는 영감 집을 제 집 드나들듯 했어.
흙 묻은 발로 마루고 방이고 마구 밟고 다녔지.
"영감님, 나무 그늘을 도로 사실래요?"
'이놈이 나무 그늘을 비싸게 되팔려 하는구나.
흥, 어림없는 수작이지.'
영감은 끝까지 버티기로 마음먹었어.

영감의 환갑잔치가 열리는 날이었어.
아침부터 손님들이 꾸역꾸역 밀려들었어.
마당에는 잔칫상마다 음식이 푸짐했지.
젊은 농부는 속으로 단단히 *벼르고 있었어.
'구두쇠 영감, 톡톡히 망신당할 준비나 하시지.'
젊은 농부는 마을 사람들을 이끌고
영감 집 대문을 들어섰단다.

*벼르다 : 어떤 일을 이루려고 마음 속으로 준비를 단단히 하고
기회를 엿본다는 뜻이에요.

25

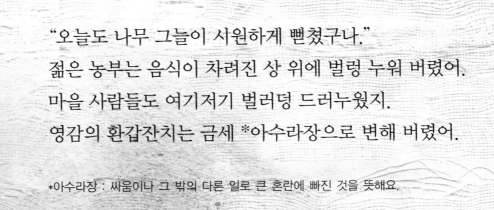

"오늘도 나무 그늘이 시원하게 뻗쳤구나."
젊은 농부는 음식이 차려진 상 위에 벌렁 누워 버렸어.
마을 사람들도 여기저기 벌러덩 드러누웠지.
영감의 환갑잔치는 금세 *아수라장으로 변해 버렸어.

*아수라장 : 싸움이나 그 밖의 다른 일로 큰 혼란에 빠진 것을 뜻해요.

27

"네 이놈들! 남의 잔칫집에 와서 이게 무슨 짓이냐!"
영감이 달려와 고래고래 소리를 질렀어.
"영감님, 제 나무 그늘을 마을 사람들에게
빌려 준 것뿐인데 왜 그러세요?"
젊은 농부가 아무렇지 않은 듯 대꾸했어.
영감 얼굴이 붉으락푸르락해졌지.

"세상에 나무 그늘을 팔아먹는 사람이 어디 있어?"
"지금이라도 없던 일로 하게. 천벌을 받을 짓이야."
손님들이 나무랐지만 영감은 꿈쩍도 하지 않았어.
"나보고 쉰 냥을 다시 내놓으라고? 어림없는 소리!"
"쯧쯧, 자네가 우리 집안 사람이라는 것이 부끄럽네."
"에잇! 잔치고 뭐고 그만 갑시다."
손님들은 대문을 박차고 나가 버렸어.

그러고 나서 어떻게 되었을까?
마을 사람들은 매일 영감 집에 들어와 벌러덩 드러누웠지.
영감은 끝끝내 쉰 냥을 돌려주기 싫어서
집 팔고 논 팔아 다른 마을로 이사를 가 버렸대.

33

나무 그늘을 판 욕심쟁이 작품해설

옛이야기를 살펴보면 항상 착한 사람이 복을 받고 나쁜 사람은 벌을 받는 '권선징악' 사상을 찾아볼 수 있습니다. 이것은 옛이야기를 만들고 퍼뜨린 사람들의 생각이 녹아 있기 때문이에요.

비록 현실이 힘들고 어렵더라도 착한 마음을 잃지 않는다면 언젠가 복을 받게 된다는 생각은 억눌려 살아가는 백성들에게 큰 힘과 희망이었습니다.

〈나무 그늘을 판 욕심쟁이〉에도 착한 사람은 복을 받고 나쁜 사람은 벌을 받는다는 교훈이 들어 있습니다. 이 이야기를 읽는 사람들은 지나치게 욕심을 부려서는 안 되며, 착하게 살아야겠다고 마음 깊이 다짐하겠지요.

옛날 어느 마을에 욕심쟁이 부자 영감이 살고 있었습니다. 영감의 집 밖에는 아름드리 느티나무 한 그루가 서 있었는데, 마을 사람들에게 그곳은 한여름 뙤약볕을 피해 쉴 수 있는 유일한 장소였습니다. 그런데 영감이 마을 사람들에게 나무 그늘을 이용하고 싶거든 돈을 내놓으라고 하지요.

이 소식을 들은 한 젊은 농부가 오십 냥에 나무 그늘을 샀어요. 그날 이후 젊은 농부는 나무 그림자가 뻗친 곳은 어디든 아랑곳하지 않고 드나들었습니다. 영감은 끝까지 버티지요. 젊은 농부가 영감을 귀찮게 하는 것은 나무 그늘을 더 비싼 값에 되팔려는 수작이라고 생각했거든요.

그러던 어느 날, 영감의 환갑잔치가 열립니다. 영감의 집이 손님으로 북적거리는데 젊은 농부가 마을 사람들을 잔뜩 몰고 와서는 나무 그림자가 뻗쳐 있는 잔칫상 위에 벌러덩 누워 버려요. 결국 욕심쟁이 영감은 망신만 톡톡히 당하고 다른 마을로 이사를 가야 했답니다.

〈나무 그늘을 판 욕심쟁이〉는 작은 것에 욕심을 부리다 오히려 큰 것을 잃을 수도 있다는 사실을 보여 주는 이야기라 하겠습니다.

꼭 알아야 할 작품 속 우리 문화

외양간

외양간은 소나 말, 염소 따위 가축을 기르는 곳이에 요. 농사를 짓는 데 없어서는 안 될 소나 말을 쉽게 돌보고, 지킬 수 있도록 마당 한쪽에 가축이 사는 집 을 지었지요. 외양간 한쪽에 짚을 깔아 놓고 새끼를 꼬거나 농사 도구를 만드는 등 헛간처럼 쓰기도 했답 니다.

주판

주판은 더하기와 빼기를 쉽게 할 수 있는 도구예요. 요즘으로 치면 전자계산기 같은 것이지요. 옛날에는 대나무로 만든 우리 고유의 주판인 '죽판'이나 중국 식 주판을 많이 사용했지만, 근대 이후에는 거의 일본 식 주판을 사용했어요. 학교에서 주판 사용법을 가르치기도 했지요.

돗자리

돗자리는 왕골이나 골풀, 밀짚처럼 질긴 풀로 만 들어요. 마른 풀줄기를 가늘게 쪼개 옷감을 짜듯 이 엮으면 돗자리가 되지요. 예전에는 대청마루 나 마당에 깔아 두기도 하고, 손님을 맞을 때나 제사를 지낼 때 깔기도 했어요. 손재주가 뛰어났 던 우리 조상들은 돗자리에 호랑이나 용, 꽃무늬를 짜 넣기도 했지요.

조상의 지혜를 배우는 **속담 여행**

〈나무 그늘을 판 욕심쟁이〉에서 욕심쟁이 영감은 자기 욕심을 채우기 위해 나무 그늘을 파는 꾀를 부렸어요. 하지만 그 꾀 때문에 도리어 망신만 당했지요. 여기에서 배울 수 있는 속담을 알아보아요.

제 꾀에 제가 넘어간다

꾀를 내어 남을 속이려다 도리어 자기가 그 꾀에 속아 넘어감을 비유적으로 이르는 말이에요.

전래 동화로 미리 배우는 교과서

욕심쟁이 영감은 느티나무 그림자가 자기 것이라고 억지를 부렸어요. 그런데 젊은 농부는 왜 오십 냥이나 주고 느티나무 그림자를 샀을까요?

욕심쟁이 영감은 그늘을 팔고 나서 속으로 끙끙 앓았어요. 그런데 젊은 농부가 그늘을 도로 사라고 했을 때 왜 사지 않았을까요?

젊은 농부는 길어지는 그림자를 따라 욕심쟁이 영감네 집의 마당에서 툇마루를 지나 안방까지 들어갔어요. 옛날에는 시간을 알기 위해 그림자를 이용한 해시계를 만들어 썼어요. 가까운 박물관을 찾아 해시계를 살펴보며 시간을 재는 데 어떻게 그림자를 이용했는지 조사해서 써 보세요.

국어 6-2 읽기 4. 마음의 울림 92~99쪽